글 강밀아

25년째 어린이집에서 원장선생님으로 일하며 어린이들에게 유쾌한 어른 친구가 되고자 노력하고 있어요.
그 과정에서 떠오르는 이야기들을 이렇게 책으로 만들곤 하는데, 그동안 『착한 아이 사탕이』,
『괜찮아, 방법이 있어』 등을 지었습니다. 오늘도 교육 현장에서 어린이들을 행복하게 해 주려
고군분투하고 있는 윤정란, 윤나라, 정미지, 나정희, 황세연, 김세연, 이승미, 고봉례 선생님께 고마움을 전합니다.

그림 안경희

칭찬은 기분을 좋게도 하지만 더 노력하게 만들기도 하죠? 제 기억 속 첫 칭찬은 초등학교 1학년 미술시간에
무궁화를 잘 그렸다고 선생님께 받은 칭찬이에요. 그때부터 그림 그리는 게 너무 좋고 즐거워졌어요.
어린 시절에 받은 선생님의 관심과 칭찬이 그림을 그리며 즐겁게 살고 있는 저의 지금을 있게 한 시작이었답니다.
이 책을 통해 제 그림을 보는 분들도 유쾌하게 웃으며, 관심과 칭찬으로 마음이 따뜻해졌으면 합니다.
그리고 누군가의 미래를 따뜻하게 응원할 수 있기를 바랍니다.

글로연그림책 4

선생님은 너를 사랑해 왜냐하면

제 1판 1쇄 발행 2013년 1월 26일 ◦ 개정판 1쇄 발행 2023년 4월 28일 ◦ 개정판 2쇄 발행 2024년 6월 24일
글 강밀아 ◦ 그림 안경희 ◦ 책임편집 오승현 ◦ 디자인 Studio Marzan 김성미
펴낸이 오승현 ◦ 펴낸곳 글로연 ◦ 출판등록 2004년 8월 23일 제 313-2004-196호
서울시 마포구 양화로 133 1307호 ◦ 전화 070-8690-8558
전자우편 gloyeon@naver.com ◦ 홈페이지 www.gloyeon.com ◦ ISBN 978-89-92704-48-9 ◦ 사용연령 0세 이상

⚡ 책의 모서리에 다칠 수 있으니 주의하세요.

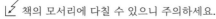

선생님은
너를 사랑해
왜냐하면

강밀아 글 ♥ 안경희 그림

글로연

선생님은 너를 사랑해.
왜냐하면

너는
아기 새를 가여워하는
따뜻한 마음을
가졌으니까.

너는
새 소식을 제일 먼저
알려주거든.

선생님은 너를 사랑해.
왜냐하면

너는
정의를 위해
그 힘을 쓸 테니까.
그러니 지금은
좀 아껴 두렴.

선생님은 너를 사랑해.
왜냐하면

너는
다른 사람을
잘 관찰하고
배우려 하기
때문이야.

선생님은 너를 사랑해.
왜냐하면

너는
친구들에게
웃음을 주려고
항상 노력하니까.
가끔은 실패하지만
선생님에겐
그 노력도 보인단다.

너에 대해
자부심을 가지는 건
좋은 점이니까.
때로는
너만 알고 있는
사실이지만 말이야.

선생님은 너를 사랑해.
왜냐하면

아빠와나

내친구

나

달

너는
한 번 시작한 일은
끝까지
해내고 말거든.

천고
예요

엄마

매일 보고
싶은 친구

엄마 공룡 달리기 최고

고 백

왜냐하면
너희들은 모두
사랑스런 아이들이기
때문이야.